꽃인 너는,
꽃길만 걷자

꽃인 너는, 꽃길만 걷자

2018년 8월 27일 초판 1쇄 인쇄
2019년 6월 5일 초판 2쇄 발행

지은이　　｜이원영

표지　　　｜이승하
인쇄　　　｜예인아트

펴낸이　　｜이장우
펴낸곳　　｜꿈공장 플러스
출판등록　｜제 406-2017-000160호
주소　　　｜경기도 파주시 회동길 301 (파주출판도시)
전화　　　｜010-4679-2734
팩스　　　｜031-624-4527
e-mail　　｜ceo@dreambooks.kr
instagram｜@dreambooks.ceo

꿈공장⁺ 출판사는 모든 작가님들의 꿈을 응원합니다.
꿈공장⁺ 출판사는 꿈을 포기하지 않는 당신 곁에 늘 함께하겠습니다.

ISBN ｜979-11-89129-08-8

정 가 ｜12,000원

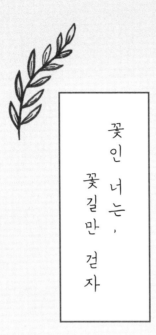

꽃인 너는,
꽃길만 걷자

이원영 지음

꿈공장⁺

contents

프
롤
로
그

하루가 심히 짧아 안타까운 날이 있습니다. 또 어떤 날은 끝나지 않는 긴 긴 하루가 되기도 합니다. 들뜬 마음이 쉬이 가라앉지 않는 날이 있는가 하면, 침전물처럼 푹 가라앉은 마음이 다시 떠오르지 못하는 날이 있기도 합니다.

우리의 그 수많은 날은 기록되지 못한 채 아스라이 사라져 버립니다. 이 책은 나와 당신의 아쉽게 사라지는 날들에 대한 이야기입니다.

우리는 잠깐의 여유가 쉽게 허락되지 않는 세상을 살아갑니다. 책 한 권 읽을 여유나 시 한 편 읽고 여운에 잠길 틈을 갖기란 여간 쉽지 않습니다. 그런 와중에도 이 책을 읽기로 한 당신에게 고마움을 전하고 싶습니다.

나의 시들이 당신의 지친 하루에 잠깐의 위로가 되었으면 합니다.

꽃인 당신은 꽃길만 걷길...

작업실에서.

하루를 겨우 버틴 당신에게

하루를 겨우 버틴 당신에게
작은 위로가 되어주고 싶었습니다

오늘 하루는 어땠는지, 그 짧은 물음이었지만
설움이 턱 끝까지 복받쳐 오르는 순간은
어찌할 도리가 없어 보입니다

구구절절 말하지 않아도
당신의 전쟁 같은 하루가
내 귓가로 전해지는 밤입니다

하루, 아니 얼마간의 고단함을
눈물처럼 쏟아내도 괜찮다고 얘기해주고 싶습니다
하루를 겨우 버틴 당신에게
작은 위로가 되었으면 합니다

사막의 밤

그 밤으로 달아나자

너와 내가 가장 자유롭던
붉은 밤으로

무슨 운이 그리 좋았는지
그 흔한 달 하나 없이

무수한 별무리들이
쏟아지다 지쳐
반구를 감싸버린
그 붉은 밤으로

이가 터질 듯한 추위는
결국 오겠지만
그 밤으로 달아나자

조금 시끄럽더라도
괜찮아

약간의 취기가
소란히 일어나 달래줄 테니,
서둘러
그 붉은 밤으로 달아나자

폐허에서

널 기억해냈다
허무함이 휩쓸고 간 폐허에서

서러운 마음이 잠시 멀어진다

장난기 가득했던 넌,
내게 자그마한 봄이었다

어느새 겨울이 와버린 나의 계절에
네가 잠시 스며든다

이내 거치른 바람이
날 할퀴고 지나가도
찰나의 봄에 시린 가슴이 뛴다

정리

며칠이 지나지 않았다

거울 속 너울지는 그리움을
조각내어 서랍 안에 넣어둔다

미처 정리하지 못한 물건들 사이에
숨어있는 기억들도 넣어두기로 한다

어느 날 불쑥 찾아와 적잖이 당황시킬
너의 흔적들은 생각보다 정리하기 힘들다

선인장

물을 주지 않아
네 마음이 시들었다

스러져가는 너의 시든 잎은
오롯이 나의 탓임을
서글픈 눈으로 받아들인다

너는 언제까지나 선인장 같을 줄 알았던
내 착각의 물이 여기 지금 왈칵 쏟아진다

꽃 길

꽃인 너는,
꽃길만 걷자

그리 쉬운 길은 아니겠지만
나도 꽃이 되어 함께 갈 테니

꽃인 너는,
꽃길만 걷자

이별이다

멀어진다
흐릿해진다
그러다 내 마음이 툭 하고 가라앉는다

헝클어진 머리카락과
어질러진 방 안은 익숙한 듯 낯선 풍경

쓸데없어진 추억 더미를 부둥켜안고
한참을 울었다

한참의 울음 끝에
냉혹한 현실이 또 몰려온다

이별이다

이별의 징후

서로에게 위로가 필요한 밤이 있었다

하지 말았어야 하는 말들은
너무 쉽게 입 밖으로 나와 우리의 감정을 해쳤고

차마 하지 못한 말들은 입에서 맴돌다
생기를 잃고 미련이 된 채 바닥에 떨어졌다

쓸데없는 순간에 부지런했고,
정작 관심과 노력이 필요한 순간에
우리는 너무도 게을렀다

그것이 이별의 징후였을지 모른다

세계의 소멸

너의 세계에서
내가 지워져 간다

그곳에서는 완전한 망각이
가능한 것처럼 보인다.

어쩌면
이 처절한 숨소리마저
들리지 않을 것이다

나의 세계는
빠르게 소멸되어간다

백야

너는 어제도 떠올랐고
오늘도 떠올랐고,
날이 밝을 때면
어김없이 나의 창 위로 떠올랐다

너는 그렇게 떠올라서
백야처럼 날 괴롭힌다

네가 떠오른 날이면
몽롱한 시야로
하루를 살아간다

지구 한 바퀴

웃게 해주고 싶었다
뭐라도 해야겠다 싶어
요즈음 주워들은 이야기를
주욱 늘어놓는다

수다쟁이가 되어버린 날
한참을 쳐다보다
이내 환히 웃는 네 표정 하나에
나는 지구를 한 바퀴 돌고 온다

끝나지 않을 밤

기대와 절망이 뒤엉키는 밤

그 고운 입에서 던져지는
한마디 한마디 한마디가
너무도 따갑게 살갗으로 내려앉는다

기나긴 토로 끝에
결국 당신은
나에게 끝나지 않을 아득한 밤을 선물한다

우리의 이야기가 끝난 밤,
도무지 끝나지 않을 밤

택시

미세먼지 가득한 새벽
집으로 가기 위해
택시를 잡는다

수유역으로 가주세요,
대꾸 없는 기사 아저씨
그래, 아저씨도 피곤하시겠지
나도 피곤이 몰려온다

택시는 침묵한다

미터기 속 경주마가
홀로 열심히 달린다

감사합니다,
카드를 돌려받으며 건넨 인사도
역시 돌아오지 않는다

집으로 가는 길이 적막한 것도
썩 나쁘지 않다

긴 밤

우울들이 차곡차곡 쌓여간다
작정하고 수집이라도 한 듯

나의 고민들과 타인의 감정이
현실 속에서 한참을 얽히고설킨다

가슴 한구석에 돌멩이가 들어앉은 채로
하루를 버틴다

이런 내가
또 누군가의 우울함이 되지 않길 바라는 오늘은
유난히 밤이 길다

불면증

푸르스름한 햇살
살며시 창가에 내려앉은
새벽 다섯 시

뜬금없는 너의 생각에
이리저리 뒤척이다
결국엔 이 시간까지
잠 한숨 못 이룬다

미지근한 선풍기 바람
내 콧잔등 위로 슬쩍 불어오고
꽤 쓸쓸한 햇살은
너 없는 방 안 가득 차오른다

스며드는 불면증은
어딘가 너를 많이 닮았다
날 잠 못 들게 하던
너의 그 웃음을

퀭한 두 눈을 감고
잠을 청해보지만
이미 와버린 아침이 원망스럽다

그리움 내리는 밤

적막한 어둠 내려앉은
이 낯설지 않은 밤,
내 그림자만 가로등 아래 우두커니

이별한 계절이 돌아오면
너를 지워야 했음은
늘 나의 몫이었다

일부러 돌아가던 골목길 사이에 스며든 계절이
또 내 몫을 한 아름 안겨준다

다시 지워야 하는 네가
그리움 되어 천천히 내린다
이 밤, 이 골목에

감기

비를 지독하게 맞은 다음 날
감기와 이별은 달갑지 않은 채
방 안에 고요히 머물렀다

의지와는 상관없이
오한과 슬픔이 꿈틀대며 올라오고
결국 적막을 뚫고 울음이 한바탕 지나간다

차오르는 설움을 간신히 억누르며
약 한 봉지를 겨우 뜯는다

걷자

오늘은 그냥 걷자

아무 말 하지 말고
복잡한 생각들은 한 쪽에 고이 접어두고
오늘은 그냥 걷자

서로의 작은 발자국 소리를 느끼자

그동안 느끼지 못했던
작은 숨소리도 함께 들리게

이 고요한 길 위에
우리만 존재하는 것처럼

깊게 내려앉은 밤공기는 조금 쌀쌀하지만
이 시간을 오래 기억할 수 있게,
오늘은 그냥 걷자

떨림

그대의 작은 떨림이
우리의 공간 안에 살며시 물든다

침착할 수 없는 나의 떨림도
함께 물들어간다

좋다
그대의 떨림이,
나의 떨림이

겨울비

구름이 듬성듬성 있는 오후
투둑투둑
느닷없는 소나기가
창틀을 요란하게 두들긴다

비가 몰고 온 찬 공기가
살갗에 날아와 부딪혀
어느새 겨울 문턱에 와있음을 눈치챈다

턱을 괴고
잠깐의 청승을 즐긴다

비 덕분에 언뜻
네 생각이 나기도 하고 해서

낯선 풍경

어제의 설렘과는 상관없이
내 목을 깊숙이 찌르는
날카로운 말들

찔린 목으로 뱉을 수 있는 말은
아무것도 없었다

같은 공간,
다른 온도의 우리가
이제 더는 우리일 수 없기에

이 낯선 풍경을
받아들이는 일만이 남아있다

우리의 봄

그 해, 우리의 봄은
그 어딘가에 남아있다

늦은 밤, 전화기를 붙들고 서성이던
우리 동네 그 가게 앞에

그리 늦지 않은 밤,
너희 집 대문 앞에

따가운 햇살 받으며 굳이 앉아있던
그 공원 벤치 위에

이름은 기억나지 않는
그 조용한 해변 모래알 위에

피곤해도 늘 걷기 좋았던
대학로 골목 사이사이에도

우리라서 더 따뜻했던 그 봄의 자취를
서툰 기억을 더듬어 천천히 찾아간다

드문드문 마주치게 되는
그 해, 우리의 봄이 반갑다

기다림

널 무척이나 기다렸다

네 새하얀 얼굴 앞에서
우리의 모든 기다림은
웃음 속으로 바래져 간다

다 안을 수 없어 넘치는 행복을
아련한 두 눈에 담고
몽글해진 마음에 마저 담아본다

오래 기다렸어도 괜찮다

끝이 있는 기다림 너머로 오래 기억할
너의 한없는 미소를 볼 수 있어서

그대 이름

그대 이름 세 글자
아니 두 글자만 들어도
가슴이 덜컥 내려앉는 순간

낯선 이름이 된 그대를
아직 완전히 떠나보내지 못한
나의 못난 미련을 탓해본다

무심한 바람맞은 갈대숲처럼
이 내려앉은 가슴은
그렇게 한참을 떨었다

봄날

바람이 휭 하고 지나가는
골목 어귀에서
네가 오기만을 기다렸다

한참의 기다림 뒤에
네가 한가득 미소를 머금고
저 멀리서 걸어온다

달리기 선수라도 된 듯
한걸음에 달려가
너의 미소를 와락 안는다

무채색이던 이 봄날이
화려히 숨을 쉬기 시작한다

노을과 홍차와 너의 목소리

강가에 앉아
네 생각을 했다
가끔 다른 생각이 떠올랐지만
대부분은 너였다

강 너머로 노오란 해가 질 무렵
강을 바라보며 홍차 한 잔을 마셨다
그러다 불현듯 네 목소리가 듣고 싶어
전화기가 있는 곳으로 달려갔다

노을과 홍차와 너의 목소리,
더할 나위 없는 저녁이 되었다

고마운 당신에게

성숙하지 못한 나를 보듬은 건 결국
당신의 기나긴 보통의 날들

너르지 못한 내 마음 쪼가리를 견뎌준
당신의 날들은 결코 고요하지 않았을 텐데

스스로의 답답함이 극에 이를 때
감정을 토하는 것이 전부였던 내가

미안함과 고마움을 한데 묶어
당신에게 고이 건넨다

단상

단상의 찌꺼기들이
어지러이 날아다니는 시간

뭐라도 될까 싶어
끄적여보는 애씀이
허투루 되지 않기를

적당히 진지하게 달려들지만
이어지지 않는 파편들

답답한 마음에 들이켠 냉수로
머리만 시리다

이런 날이 태반인데
오늘따라 유난이다

핑계 삼아
창문이나 활짝 열고
남 사는 모양새 구경이나 한다

가만 보면
세상은 참 조용히 흘러간다
내 머릿속만 어지럽다

버틴다는 것

사실은 그렇다

쌓여가는 이 슬픔의 깊이에 대해
그 누구도 관심이 없고,
혼자 떠안는 삶의 무게는 점점 무거워진다

내 의지를 역행하는 세상은
눈물 한 방울 흘릴 틈도 내주지 않는다

서럽다

투정을 부리기에 너무 커버린 몸은
어떻게든 살아내야 하기에
어떤 날은 원하지 않는 술을
또 어떤 날은 듣기 싫은 소리를
한구석에 차곡차곡 담는다

서럽지만
버텨야 한다

하루는 찰나의 기쁨을 제물 삼아,
또 다른 하루는 스치는 눈물을 제물 삼아,
치열했던 오늘이 부정당하지 않도록

눈이 내린다

다 늦은 저녁
뜬금없이 눈이 내린다
어제까지 더럽다고 투덜대던 골목이
정신없이 내린 눈들로 뒤덮인다

골목을 나서니
거리의 모든 것이 천천히 움직인다

오직 눈만이
거칠고 빠르게 땅에 내려와 앉는다

허연 눈이 길바닥에 켜켜이 쌓여간다

마냥 내리는 눈을 맞으며 걷다가
내일의 아침이 걱정되는 건 어른일까,
그저 설레는 건 아이일까

더러워질 신발 걱정에
짐짓 난 어른인가 싶다

저물어 어둑한 길거리 사이로
하염없이 눈이 내린다

이유

내일이 오는 데는
이유가 없다

내가 널 좋아하는데도
이유가 없다

너는 내일이 되어
이유 없이 나에게 온다

편지

당신이 밤새 고민하며 적은
소중한 편지 한 통을 받고 싶다

그것이 연필로 꾹꾹 눌러 쓴 편지라면
더할 나위 없겠지

나만으로 가득 찬 문장들

그 문장들을 하나하나 곱씹고 되뇌며
당신의 밤을
조용히 따라가고 싶다

퇴근길

지쳐 돌아가는 길
뻐근한 어깨는 치열했던 하루의 훈장

대충 넘어가지 않는 세상은
오늘도 거셌다

편히 누워 쉬고 싶은 맘 굴뚝이지만
아직 끝나지 않는 귀로

지친 사람들 사이
굳은 내 얼굴도 매한가지

허나 편히 잠들 생각 하나로
겨우 버틴다

내일은 무서운 기세로
또 달려들겠지만

가끔

여럿 모여 낄낄대며
시답잖은 농담이나 하던
그 시절이 그립다

스산한 오늘의 현실이
짙어지면 짙어질수록

끝이 없을 것 같던,
나와
너희와
그 웃음들이 그립다

타는 밤

까만 밤 뜬눈으로 지새우며
온몸이 하얗게 타는 듯한 피로는
천천히 또 천천히 무거워진다

공상과 망상의 경계 어디쯤엔가
나를 열심히 굴리다 보면
창백해진 새벽은 어느새 익숙해진다

무엇이 그렇게 고민일까
왜 잠들지 못하는가 되짚어봐도
딱히 이유가 없는 처절한 불면은
이 밤을 새벽까지 모두 태워버린다

길을 잃다

부딪히는 우산들 사이에서
길을 잃었다

이다음의 일은
딱히 생각해놓질 않아서
그저 말없이 걷기만 했다

먹먹해진 감정 앞에
무엇을 해야 할지
도무지 떠오르지 않는다

추적거리는 하늘 아래
가는 빗줄기들이 바닥에 퉁겨
바짓단을 모두 적시고 있었다

마지막 날

슬퍼하지 않기로 했다
서로가 어떤 마음인지 알고 있었기에

서로의 힘든 것만을 받아주기에도
우린 너무 지쳐있었다

조금 더 지쳐있던 사람이
먼저 이야기했을 뿐,
조금의 원망도 할 수 없었다

암묵적 동의로
마지막이 될 너를 받아들인다

밤하늘

그대와 내가 함께이던
시절이 그리워지면

그 계절의 풍경과
당신의 향수,
우리의 발소리까지 선명하게 떠올랐다

허나 이제 떠올리려 해도
쉽지 않게 된 현실은
서글프지만 다른 도리가 없었다

그 와중에 희미해지는 기억을 붙잡아
그 시절의 우리에게로 간신히 돌아가 보지만

이내 터져 나오는 그리움
애써 삼켜버리고 만다

쌀쌀한 바람
잠시 어깨 위에 머무르다
저 짙은 밤하늘로
그대 기억처럼 멀어져간다

물들다

너에게 물들어가는 하루는
대개 그렇다

작은 틈 없이 떠오는 네 생각과
내일의 기대로 가득 차
흥얼거림이 어색하지 않은 순간들을 만끽한다

아지랑이처럼 피어나는 열정은
참아낼 길이 없고,

생각지 못한 선물을 받던 그 날처럼
기분 좋은 울렁거림과
손끝으로 전해지는 저릿함은
끊임없이 올라온다

스러진 감정들이 제 빛깔을 찾아가고,
그 빛깔들은 점점 너를 그려 나간다

그런 날

그런 날이 있다

그나마 있던 의욕은 바닥을 찍으며
온몸의 힘은 쭉 빠진 채로
쭉정이처럼 널브러져 있는 날

가려진 창 덕분에
낮과 밤의 모호한 지점에서
작은 내 방보다 더 작은 존재가 되어
하루를 소모해간다

하찮아진 몸을 바닥에 뉘고
마지막 뜨거움은 언제였는지,
마치 다른 사람의 처음 듣는 이야기처럼
그 언젠가의 기억을 낯설게 떠올린다

떠오는 기억들 위로
천천히 생기가 돋지만
이미 저물어가는 하루에
그 빛이 바랜다

무의미

그대에게 의미 있는 사람이 되고 싶었기에
그 얼마간의 시간은 가장 뜨겁고 가장 차가웠다

매 순간이 거대한 의미로
다가오던 나날들이었지만

짧은 몇 줄로
관계를 정리당하는 밤은

결국
모든 것이 의미 없다

숨소리

차가운 방안을 메우는
지친 숨소리

넉넉히 견뎌내길 바랐던
덧없는 믿음이 무너지는 소리

위로받을 곳은
그 어디에도 없었다

서글픈 숨소리 참을 수 없어
창밖 소음에 숨겨볼 생각으로
서둘러 집을 나선다

눈동자

너의 텅 빈 눈을
그저 바라보기만 한다

바로 앞의 나조차 담고 있지 않은
그 눈동자에
우리의 내일도 없어 보인다

한없이 빛나던 그 눈동자를
다시 볼 수 없음을 알기에

내 눈동자에서도
널 지우기로 한다

산책

걱정 한 움큼 버릴 요량으로
호기롭게 산책을 나왔지만
애초에 생각했던 것만큼
별 도움이 되지 못하고

어둔 하늘 아래
요란했던 거리의 불빛만
조금씩 사그라든다

홀로 나온 산책이 꽤 멋쩍기에
조용한 산책로 벤치에 앉아
선선한 바람이나 느껴보지만

오랫동안 쓰지 않아
서툴러진 감정들만 서성거린다

밤이 가라앉으면

초라한 밤이 가라앉으면
어지러운 낮 동안
희미해졌던 기억들이
한껏 모습을 드러낸다

자책에 후회를 더해봐도
달라지는 것 없이
더 깊어만 가는 밤

썰물에 뭍으로 드러난 해조류처럼
힘없이 늘어져 있는
내가 안쓰럽기만 하다

빈궁한 삶 한 페이지에
너 하나 있어 좋았음을
초라한 지금에야 다시금 떠올린다

온통 후회로 가득 찬 밤이
마저 가라앉고
네가 여명처럼 떠오른다

이방인

너에게 녹아들지 못한 나는
끝내 이방인으로 남게 되었다

날이 갈수록
우리의 언어는 달라져 갔고
서로를 대하는 온도는
이해하지 못하는 수준이 되었다

나만이 착각의 나날들 속에 머문 듯,
너의 마지막 눈빛에서
나는 이방인이 되었다

아직

얇아진 옷 두께만큼
겨울 끝자락 내내 무겁던 마음도
한결 가벼워지길 바랐다

그렇게 되기까지는
시간이 더 필요한 듯,
아직 봄바람이 차다

꽃샘

겨울이 발목을 잡는다
옅어져 가는 자신의 존재를
각인시키려는 격한 몸부림

봄을 향한 수많은 기대를
일순간 잠식시키는
겨울의 단호한 의지가 괴롭다

몇 밤을 더 자고 나면
결국 스쳐 가듯 잊혀지겠지만

흐릿한 계절 두 개와
뚜렷한 계절 하나를 보내면
다시 만나기에
지금은 시샘 없이 떠나주었으면 싶다

침묵

내 마음만 알았다
어린 날의 나는 그러했다

너의 상한 마음은
며칠이 지나도 이해할 수 없었다

아쉬움 따윈 없었고
그 날들이 꽤 오래 갈 것이라 착각했다

순식간에 지나 가버린 세월 뒤
이제야 나를 돌이켰을 땐
하얗게 말라버린 너의 상처들 앞에서
나는 할 수 있는 말이 없었다

알았어야 했고
이해했어야 했고
보듬었어야 했다

그 마음들을 저버렸던 지금의 나는
할 수 있는 것이
고작 한탄과 후회뿐이다

겨울의 몰락

날이 더디게 밝아오고
새벽녘의 꿈이 차게 느껴지는 날,

코끝이 시린 하루의 시작은
익숙해지기까지 오랜 날이 걸린다

잠깐 열었던 창문 사이로
송곳 같은 한기가 맹렬히 날아듦에
의미 없는 계절 탓만
짜증스레 늘어놓는다

어릴 적 가장 좋아하던 계절의 영광은
그 운치를 찾을 여유가 없기에
몰락한 지 몇 년째

그저 고지서 같은 무심한 계절에겐
일말의 자비심도 없다

정리#2

길었던 계절이
결국 지나갔습니다

옷장을 가득 메우고 있던 옷더미들을
부산스레 정리하는 중입니다

우리의 계절도
이미 지나갔음을 알고 있습니다

그래서 옷더미들과 함께
나를 가득 메우고 있던
당신의 흔적들도
이제 정리하려 합니다

허나, 옷가지 하나도
잘 버리지 못하는 나인데

당신과의 그 많은 추억을
어떻게 정리할 수 있을까
벌써부터 걱정만 앞섭니다

골목길에서

골목길 끝에 걸린
노란 불빛이
사정없이 흔들린다

불편한 속을 부여잡고
한참을 걷고 또 걸어도
흔들리는 불빛은
가까워질 생각이 없어 보인다

가뜩이나 답답한 가슴에
커다란 바람 한 뭉텅이가
휭 하고 지나가도
불편한 속은 요동도 없다

안부를 물어줄 이 하나 없이
집으로 돌아가는 길은
오늘따라 아득하기만 하다

그대에게 머무른 날이

그대에게 머무른 날이
정확히 며칠이었을까

그 날들 가운데
푸르른 날은 또 며칠이었을까

흐리멍덩한 오후,
흐리멍덩한 하늘을 바라보다
문득 쓸데없는 궁금함이
머리에 떠오른다

우리에게 주어진 날을
미리 알았다면
더 소중했을까

더 쓸데없는 생각이
머리 위로 번진다

외론 밤

한낮의 거치른 굉음은
일순간 자취를 감추고,

허공에 내뱉는 뿌연 한숨만이
지금 나의 전부

오직
짙은 밤만이 전해줄 수 있는
달갑지 않은 이 외롬
다룰 방법이 없다

다른 이들은 이 외롬을 어찌하나
구경 한 번 해보지만
전화기 너머 그들의 세상도
별반 다르지 않다

뿌연 한숨이 한 바퀴 돌아
찬 밤공기 사이로 바스스 흩어진다

춘심 (春心)

봄볕이 마음에 꼭 들어
매시간 터져 나오던
이 계절에 대한 작은 경탄은

시간을 거스른 추위 덕분에
딱 하루를 넘기지 못한다

모자란 기억력으로
지난봄을 돌이켜보니
올해보다 더 짧았던
아쉬운 따스함만 떠오른다

해가 지날수록
그 생기를 정말 잃어버릴 듯
아슬아슬한 봄은,

언젠가
겨울과 여름이 맞닿는 날이 올까
추위를 견디며
온몸으로 벚꽃을 틔워내고 있다

무감각

그대가 떠난 그 날부터
감각들 마디마디가
천천히 말라가고 있다

메마른 감정이 하루를 짓누르는 동안
할 수 있는 일은 딱히 없기에,

무감각해진 하루는
내 뜻과 다르게
아무 일 없이 지나가 버린다

가끔 마른 웃음으로
어색한 표정을 지어보지만

그대를 아직 떠나보내지 못한 나는
그 어떤 표정도 서툴러진다

미안한 나에게

간신히 숨만 쉬고 살아가는
오늘의 나에게
미안한 마음을 건넨다

따지고 보면 쓸데없는 고민만
가득 안고 사는 것 같아서

더 그럴듯한 고민이면 좋을 텐데,
당장 먹고 사는 문제로
세상은 두 쪽이 나버린다

나른한 숨을 겨우 쉬는 것이 전부라
그럴듯한 고민은
내일의 나에게로 미뤄버린다

봄과 함께

거리의 사람들 표정이
하나둘 보이기 시작할 즈음
봄은 사납게 돌아온다

꽃샘과 함께 돌아온 봄은
감질나게 그 며칠을 머물다
언제 그랬냐는 듯
여름 속으로 사라진다

네가 그랬다
봄처럼 불현듯 들이닥쳐
추억이 될 며칠의 기억을 남기고
그렇게 사라졌다

그해 이후로
봄은 꽃샘과 너의 추억을 가득 안고
나에게 돌아온다

무뎌지다

바쁘게 산다는 적당한 핑계로
귀찮아진 서로를 미루고
미안함마저 귀찮아진다

녹슨 날처럼 무뎌지는 감정은
하루가 다르게 무관심으로 변해간다

우리는 그렇게 한없이 무뎌지다
변해간다는 사실도 까맣게 잊어버린다

또 잊어버린다
그 무뎌짐에도 정해진 날이 있다는 것까지

엄마 옷깃

버스 안,
엄마 품에 고요히 있던
아기가 포효하기 시작한다

옅은 분홍모자가 어울리지 않게
포효가 멈추지 않는다

잡고 싶은 엄마의 얇은 옷깃을
못 잡게 해서인가

나와 눈이 마주치고도
그 올망졸망한 얼굴은
계속 불만이다

나도 속에 화가 많은데
너도 화가 많구나

그래도 넌 잡고 싶은 게
엄마 옷깃뿐이겠지

난 잡고 싶은 게
왜 그리 많은지

꽃잎

언제 떨어질지 모르는
불안한 꽃잎으로 살아가는 것이
서서히 몸에 익어 가지만,

익숙해져 가는 것은
길들여져가는 것의 덜 서글픈 말

남들처럼 평범하게 사는 것이
힘에 부치는 일이 돼버렸기에

바들거리는 매 순간
조금씩 떨어지는 설움을
삭이고 만다

온전히 길들여지지 못한 꽃잎은
온종일 아슬하기만 하다

나는 너에게

겨우 잠든 지난밤,
짙은 꿈에서 너를 만났다

자각하지 못한 나는
너와 행복했던 날로 다시 돌아간다

반가운 우리의 그때 모습들이
나를 한참이나 불렀다

그러다 흐릿해져 가는
너의 얼굴이 나에게 물었다

나는 너에게
무엇이었을까

스쳐 지나가는 봄바람처럼
아련한 순간의 기억이진 않았을까,
혹여라도 후회 가득한
어느 겨울날의 조각들은 아니었을까

빠른 세월에 나를 맡기다 보면
그땐 알게 될까, 나의 의미를
혹시 그땐 잊혀질까, 너의 모습이

화양연화 (花樣年華)

무엇이든 될 수 있다고 믿던
지난날의 후회로 얼룩지는 밤,

먹먹해지는 가슴에
더할 나위 없던
그 시절의 꽃이 핀다

하필 작은 빛 하나 없는
새카만 밤이지만
꽃은 어둠 속에서
고요히 빛난다

다 자라지 못한,
우리의 숱한 바람들은
이미 흩어진 지 오래지만

그대를 향하던 날의
그 수줍은 연필 궤적만은
가끔, 이렇게 먹먹한 밤에
꽃으로 피어난다

어린 날들에 그리던 우리가
더는 아니게 되었어도

고맙게도
꽃은 어둠을 삼키고
다시 피어나준다

끌어안을 그대가 없는 오늘은

끌어안을 그대가 없는 오늘은
어제와 차원이 다른 절망이었다

그대 없이 덩그러니 남겨진 생활을
더 잘게 쪼개어 봐도
그 사이사이마다
짙게 스며든 그대를
당장 지워 낼 수 없다

피할 방법도 알지 못해
아려오는 통증을 부여잡으며
우리의 날들을 게워낸다

절망이 부쩍 가까워진
그대 없는 하루는
일상이길 포기한다

가끔 네가 그리워지는 날

가끔 네가 그리워지는 날,
푸르렀던 봄날의 향기를 더듬어
우리의 시절로 돌아간다

함께여서 더 찬란했던 봄날들을 따라
어색한 두 사람에게까지 다다른다

헤어짐이 못내 아쉬워
너희 동네만 빙빙 돌던 여름날을 지나

서로가 전부였던 가을과
애틋함에 더욱 짧았던 겨울까지

그리고 다시 돌아온 봄날을
헤집어 놓고 간 것이
누구인지, 무엇인지
이제 중요하지 않게 되었기에

나는
가끔 네가 그리워지는 날
우리의 시절로 돌아갈 수 있다

그대의 탓이 아니다

하루를 온전히 살아낸
그대의 슬픔은
당연한 것이 아니다

고작 그게 최선이냐
핀잔을 듣는 것은
그대의 탓이 아니다

기대가 크면 큰대로,
또 없으면 없는 대로
상처 주는 그들의 탓이지
상처받는 그대의 탓이 아니다

숨 막히는 하루 속에
너른 숨을 쉬지 못하는 것도
그대의 탓이 아니다

세상이 편히 숨 쉴 틈을 주는가 하면,
아니다
우리의 가쁜 호흡에도
값을 매기는 그들의 탓이다

누군가의 위로가 절실한 밤을
오롯이 홀로 버티어내는 것도
그대의 탓이 아니다

그대의 간절했던 낮과
혼자라 섧고 분한 그대의 밤에
관심 갖지 않는 그들의 탓이기에

심한 괴로움으로
자신을 갉아먹지 않기를

그대의 열심이었던 오늘이 슬픈 것은
정말 그대의 탓이 아니다

부질없는 날에는

이게 다 무엇인지
부질없는 날에는

꾸역꾸역 넘긴 밥 한 덩이조차
서러움이 된다

네가 없어서 그런 것도 아니고
내일 해야 할 일이 버거워서도 아닌데,

까닭 없이 서글픈 나에게
이유를 묻는 헛된 수고로움은
뒤늦게 의미 없다

쓰린 속 부여잡으며
이 밥 한 숟갈 그저 열심히 넘겨
굶지라도 말아야겠다는 일념이
그 날의 전부가 되어버린다

그 어느 것도
부질없어진 날에는 말이다

지금이 아니면

지금이어야 한다

당신의 감정은
솔직해지지 못한다
지금이 아니면

놓치고 만다
그 순간에만 존재하는 즐거움을
혹은
그 순간에만 알 수 있는 누군가의 진심을

미루고 미루다
무엇을 원했는지 알 수도 없게 되는 날
가장 먼저 하는 것이 후회라면,
지금이어야 한다

수면 위로

누가 발에 돌을 묶은 것도 아닌데
계속 가라앉는다

아무것도 하지 않으면
아득한 저 바닥으로 가라앉는다

올라가야 한다
수면 위로

되지도 않는 발장구라도,
처절한 몸부림이라도
망가지는 허우적거림이야 어떻겠냐마는

살자
일단 살고 보자

발버둥 치던 그 흔적들이 부끄러워질지언정
생생한 삶을 볼에 부비며 부끄러워하자

우린 살아야 하기에,
수면 위에서 헛헛한 숨이라도 내뱉으며
우린 그렇게라도 살아야 한다

풍뎅이 한 마리

온종일 닳을 대로 닳은 마음을
겨우 추스르고
집으로 향하던 밤은
쓸쓸하기 이를 데 없다

이 쓸쓸한 밤,
어렸을 적에나 보았던 풍뎅이 한 마리가
나보다 더 처량하게
마트 앞에 웅크리고 있다

행인들의 무심한 발걸음 사이로
검고 작은 풍뎅이
미동도 없이 웅크린 게
꼭 내 마음 같아 더욱 애잔한 밤

너와 나,
당장 날아갈 수 없는
오늘 밤만 애처로워라

훠얼 날아가는 그 날까지
누군가의 발에 채이지는 말아라

밤비

오랜만에 내린 밤비 때문인지
느지막이 마신 커피 때문인지
일렁이는 가슴을
쉽사리 진정시킬 수 없었다

밤새도록 내린 비는
새벽녘이 돼서야 할 일 다 했다는 듯
정신없이 두들기던 창을 천천히 놓아준다

미련 없이 그치는 밤비가
미련 더미 껴안고 사는 나보다
더 나은가 싶다

그댈 담은 마음

그댈 담은 마음이
한없이 커져간다
세상 모든 것에 닿을 것처럼

이 마음 그대에게 닿는 순간
터지진 않을까 하는
생경한 두려움마저

들떠버린 마음과 두려움이
더욱 선명해지는 아침이 올 때까지
밤잠 설친 나는,

몽롱해진 두 눈으로
모든 햇살을 끌어안는다

아침이 감당할 수 없는 세찬 볕과
함께 밀려오는 그대란 존재 덕분에

메마른 아침이 생기를 머금고
그댈 담은 이 마음은 또 부풀어간다

온기

네가 가만히 안아준다

너는 아무 말도 하지 않지만
너의 온기는
종일 들러 붙어있던 괴로움을
잠시 녹여내 준다

우리는 알고 있다

서로를 안아주는 것이
모든 것을 바꾸지 못한다는 것을

허나 이 잠깐의 온기로
괴로운 하루쯤은 이겨 낼 수 있다는 사실도
몸으로 깨우쳐 간다

지루하게 길었던 하루가 어느새
우리의 작은 품 안에서 끝나고 있다

4월의 비

4월의 드센 빗줄기에도
벚꽃이 지지 않았다

지나칠 줄 알았던 봄이
조금 더 머문다

당신을 지우는 일

지금 가장 먼저 해야 할 일은
아마도 당신을 지우는 일인 듯합니다

매일같이 밀어내야 하는 그리움은
줄어들 생각이 없어 보이고
하루를 더해 갈수록
서글픈 청승만 늘어가기에

당신을 지워야
내가 살 것 같아
억지로라도 당신을 지워봅니다

하지만 지금 가장 하기 어려운 일은
아마도 당신을 지우는 일인 듯합니다

그리운 이가 떠오르는 밤

그리운 이가 떠오르는 밤,

누군가는 술로 달래며
취해 잠들 테고
또 누군가는 울음 끝에
지쳐 잠들 테고

나는 그 누군가가 되어
술과 울음과 넋두리로
그리움을 지워간다

그리운 이가 떠오르는 밤은
조금 청승맞아도 괜찮은 밤이다

봄이 더디 왔으면

봄이 더디 왔으면 싶다

모두가 봄날의 따뜻함을 반겨
겨울을 잊어갈 때,
마치 한겨울인 것처럼
봄을 미룰 수만 있다면

그렇게 해서라도
오랜 겨울에 나를 묶어두어
봄을 잊을 수만 있다면

하지만 겨울인 듯 어설피 나를 속여도
봄은 결국 돌아오기에
이별의 계절을 맞이해야 하는 숙명도
잔인하게 돌아온다

명왕성

내 우주의 끝에서
추억으로나마 간신히 존재하던
당신의 기억들을 차츰 잊어간다

당신은 이제 나에게
하나의 작은 행성일 뿐,

그렇게 멀어지고 멀어져
함께였던 적은 또 언제였는지
떠올리기 힘든 기억 한 자락이 되어간다

가을밤

담벼락 끝에 기울어진 나무
그 나뭇가지에 걸린 앙상한 계절

쓸쓸한 골목이 눈에 익을 때면
텅 빈 내 옆자리 바람골인 양
허다한 바람들만 떼 지어 불어온다

살갗으로 스치우는 밤공기는
답 없이 쌀쌀하다

미련 반, 자책 반

가을바람만 휑하니 찬 밤
마음이 와르 무너진 밤

잡을 수 없는 것을 잡으려
허공에 휘이 손짓하던,
야윈 그림자가 안쓰러워 보였다

이쯤이면 됐다 싶은 마음은
오간 데 없고

남아 있는 것은
미련 반, 자책 반

이제 와서 그게 다 무슨 소용이냐고
마음이나 추스르라며
가을밤 찬바람이 일러주고 이내 사라진다

낡아진 마음

괜한 다툼에 서먹해진
어제가 몹시도 아쉬워
골몰하던 낮,

낡아진 마음을
조용히 꺼내어 놓아 본다

오해와 다툼으로 낡아진 마음을
이리저리 닦아보다
이제야 다시 기억이 난다

그래,
난 널 그렇게 사랑했었지

너에게 전화를 걸었다

그대는 없다

반구를 가득 메운 별들이
찬란히 불타던 밤하늘 아래에서
그대가 기억나지 않았다

사소한 것 하나에도
마구 떠오르던 그대가

그대를 지울 수 없어서
내가 떠나왔던 날은
지나간 지 이미 오래되었기에,

잊을 때가 되었으니
잊은 것뿐이다

붉은 연기 가득한 모래바람에
그대는 저만치 휩쓸려 가고
이제 여기엔 없다

잘했다

무슨 말인가
꼭 하고 싶었지만
하지 않길 잘했다

사족이 되어,
구차한 변명이 되어
이 우울한 장면을 더 어지럽히느니
오히려 하지 않길 잘했다

오랜 밤을 망설였던 너였을 테니

지리멸렬하게 무슨 말인가를 늘어놓는 내가
너의 돌아가는 길에 족쇄가 되어
어렵게 떼는 발걸음 더 무거워질까
오히려 하지 않길 잘했다

하지 않길 잘했다

멍울

요 며칠 계속 몽글거렸던 쓰린 마음은
하루의 끝자락에 결국 멍울로 변했다

간신히 버텨 왔던 날들은 빛바래지고
허연 종이에 적은 감정 몇 글자로 끝나고 만다

친구들에게 외로움이나 실컷 토로하고
집으로 향하는 순간조차 울렁거리는 이 못난 마음

차라리 눈물이나 시원하게 쏟지,
그러지도 못하는 미련한 감정놀음에
나조차 지쳐 버린다

운동장

오랜만에 찾은 모교
그렇게 넓었던 운동장의 반은 사라지고
그 자리, 낯선 건물 우두커니 서 있다

내 추억이 반 토막 난 것처럼
불편한 기색은 어쩔 수 없지만

좁아진 운동장에 비낀 놀이터에서
정신없이 뛰노는 아이들을 보니
오래전의 어린 나도
그 사이에서 함께 뛰어논다

폐지를 한 아름 안고
운동장 한가운데로
꼬물꼬물 걸어가던 등굣길과

모든 학생 모여 국민체조 하던
뜨거운 아침의 조회 시간

눈이 끝도 없이 내린 날,
헌 박스 주워와 아슬아슬하게 즐기던
나와 친구들의 웃음이 서린 이곳에

빠르게 스치는 안타까움과 추억을 놓아두고
말없이 운동장을 걸어 나온다

허공으로

그냥 살아지는 줄 알았던 삶이
나를 한없이 띄운다

두 발 디뎠던 땅은 어디였는지,
생생하던 다리 감각이 새하얘지도록
나는 그렇게 허공으로 들어 올려진다

게으름 탓에 건전지를 바꿔 끼지 않아
가만히 멈춰버린 벽걸이 시계처럼
허공에 매달린 난
아무것도 할 수 없었다

며칠을 그렇게 무력함 속에서 머물다
바닥으로 내팽개쳐졌다
생채기 난 몸에 정신이 차려진다

그냥 살아지는 것은 없었다
모두 허상이었다

다시 들어 올려져 곤두박질치지 않기 위해
생채기를 교훈 삼아 매만지며
더 격하게 삶을 살아내어 본다

가을밤 그리고 봄날의 오후

따뜻한 봄날 오후의 기억은 오래됐고
오롯이 남거진 가을의 쌀쌀한 밤하늘만 맴돈다

좁은 방에 갇혀 까맣게 잊어 가던
푸르른 하늘 너머
쨍한 봄볕을 떠올린다
그 봄볕 아래 마주한 너의 미소까지

잊은 줄 알았던 기억들의
아주 작은 파편들 덕에

힘겨운 가을밤,
봄날의 오후가 잠시 깃든다

입추

정들었던 선풍기와
이별하는 그 날이

비로소 입추

무뎌져 간다

이제 괜찮은 것 같다

그대와 그대의 이름과
그대의 소식을 마주하는 것,
시간이 더 필요할 줄 알았는데

결국 시간이 답이라는 뜻을
선뜻 이해하기 어려웠지만

선명하던 그대의 기억 위로
서서히 먼지가 쌓여가는 것을 보며
천천히 이해할 수 있었다

그 날의 날 선 감정과
가시 돋친 채 쏟아낸 모든 말들은
모두 그렇게 서서히 무뎌져 간다

팔 것

추적추적 비 내리는 아침,
신발이 남아나지 않는 걸음걸이로
동네를 빙빙 돌며
이 은행 저 은행 기웃거렸다

허삼관처럼 피를 팔 수 없어,
팔 것은 멀쩡한 신용뿐이라
신세 한탄은 대단한 일도 아니었다

내 것이 어디 하나 있나

은행을 나오며 짓던 허탈한 웃음은
그 답을 진즉에 알고 있었던 듯,

우울한 비 냄새를 뚫고
어디론가 사라져 버렸다

손톱

요 며칠 사이의 고단함을
손톱들이 다 받아낸 듯,

듬성듬성 깨진 손톱 안으로
검은 때들이 옹기종기 들어앉아 있다

삶의 버거움이
나 혼자만의 것은 아닌데
유독 내 힘듦은
오늘도 한 뼘만큼 자라난 것 같아

괜히 억울한 생각이
깎인 손톱과 함께 바닥에 떨구어진다

잡생각의 벌일까

너무 짧게 깎아 살짝 아리는 손끝 통증은
하루 이틀 동안 또 이어질 기세다

유난 떠는 내 덕에
애먼 손톱만 고생이다

미련한 이의 미련

오늘도 망각의 숲으로 뛰어들지 못한 나는
추억에 얽매이는 구차한 존재로 깨어난다

완전히 산화되지 못한 추억은
창틀의 오래된 거미줄처럼
힘겹게 남아 있지만

조각나고 흩어진 옛 기억들로
겨우 연명하는 생활의 끝을
칼같이 정리하지 못하는 것은
미련한 이의 미련이다

내일은 달라질까,
답은 이미 알고 있다

용기없다는 핑계로
또 지지부진한 하루를 보내는 것 또한
미련한 이의 미련이다

식다

두 사람 사이에는
아무것도 남아 있지 않았다

손대면 데일 것처럼 뜨겁던 그들은,
그들도 모르는 사이 느릿느릿 식어갔다

지나치게 식어버린 듯,
그들은 서로에게 감기 같은 존재가 되어
이제 그만 떨어지길 바라고 있었다

이런 그들에게
남은 것은 아무것도 없었다

막차를 타고

작은 빈틈 하나 내주지 않는
이 삭막한 도시를
바지런히 돌아다녀도
그 어느 한순간 편한 쉼이 없다

숨 가쁜 하루가 어떻게 지나갔는지 뒤돌아보다
귓가가 멍해지는 순간, 정신을 차려
날 두고 지나치려는 막차에 겨우 올라탄다

막차 안의 모두가 패잔병인 듯
옆 사람의 옅은 숨소리마저 안쓰럽고

가장 크게 다친 패잔병인 나는
흔들리는 창에 머리 기대어
눈 뜨고 처음으로
편한 숨 길게 내쉬어 본다

잠들 수 없는 탓에
퀭한 두 눈 힘주어 창밖을 바라보지만
오늘의 밤 풍경은 어제와 같이
변한 것 하나 없다

서 있는 이들과 앉아 있는 이들 모두가
숨죽이고 잠든 막차는
아직 끝나지 않은 어둔 밤을 배경으로
숨죽여 달려간다

보리차

찬장 구석에서
보리차 한 상자를 찾았다

네가 집들이 선물로 준 보리차

보리차를 끓여 마신 건 또 언제인지
한참을 잊고 살아
헤어진 우리의 날을 훨씬 지나버린 유통기한은
이제 의미 없는 숫자

이 집에서 너와의 추억이 담긴 물건은
보리차가 마지막인 듯하지만

오래된 날만큼 낡아진 보리차 티백은
힘없이 툭 뜯어져
가루가 바닥에 흩어진다

흩어진 가루들 쳐다보며
한숨 한 번 푹 쉬고
보리차 가루나 쓸어 담는다

구석진 곳에서 쓸쓸히 머물던 보리차와
이제 기억에서도 희미해지던 너를,
나의 곁에서 완전히 떠나보내기로 한다

비 온 후

한바탕 비가 훑고 지나가
비릿한 비 냄새가 슬몃 풍겨오는
저녁 무렵의 골목길

딱히 약속 있는 저녁은 아니기에
급할 것 없는 발걸음으로
느릿느릿 비 냄새나 맡으며
사람들을 유유히 지나쳤다

목적 없는 외출은 오랜만이라
빗물 고인 땅들을 요리조리 피해 걷는 것도
크게 고생스럽지 않았다

내가 한없이 여유로워서일까
지나치는 이들이 꽤 빨라 보였다

어제의 나도 그랬을 텐데

빠른 세상을 허둥지둥 쫓아가다 보니
느긋하게 걸으며
사라져가는 비 냄새를 킁킁 맡는 것이,
축축이 젖은 저녁 하늘 멍하니 바라보는 것이
다 사치처럼 느껴지진 않았나

내일이면 다시 바쁜 나로 돌아가기에
오늘의 비 온 후 풍경을
두 눈에 조금 더 남겨본다

새벽안개

새벽안개 사이로 떠오는 해를
직접 볼 때까지
쉽게 잠들지 못했다

잠이 창밖 안개 너머로 달아난 사이,
천덕스러운 추억이 날 헤집어 놓고
뒤늦게 찾아온 피로는
목덜미에서부터 관자놀이까지 사정없이 퍼진다

고단함과 서글픔이 한데 섞여
쉽게 잠들 수 없는
안타까운 새벽을 잉태시키고 있었고

나는 잠을 쫓아
새벽안개 너머로
천천히
천천히
날아간다

그 날

그저 너를 천천히 잊어가며
너의 모든 기억으로부터 무심해지려 했다

괜찮다고, 괜찮다고
하루 또 하루 자신을 속이다
정말 괜찮다고 믿어 버리는 그 날,

조금의 미련도 없는 듯
너의 소식을 스쳐 들어도
가슴 끝자락이 더는 아리지 않을 내가 된다

거짓말

결국 시간은
아무것도 해결해주지 않았다
적어도 그대에 관한 기억에 대해서는

정신없이 살다 보면 다 해결해주겠다던
시간의 거짓말에 속아 버린 후

바래진 추억을 한 움큼 쥐고
멀뚱히 멈춰 섰다

엄마의 인사

거동이 불편한 어린 딸과
창백한 얼굴의 엄마는
그 둘을 기다리는 통학버스를 향해 뛰어간다

이인삼각의 형태로 뛰는 모녀

딸을 부축하는 것조차 힘겨워 보이는 엄마는
딸을 겨우 버스에 태운다

모녀로 인해 출발이 늦어져서인지
쏜살같이 출발하는 버스를 향해
엄마는 90도로 인사를 한다,
3초간

서두르지 못함에 대한 미안함일까
하루 동안 딸을 잘 부탁한다는 당부였을까

딸의 등교를 끝마친 엄마는
버스를 등진 채
왔던 길을 다시 돌아간다

엄마의 인사가,
엄마의 그 마음이
오전 내내 잔상으로 남는다

울음

속이 상하다 못해
다 타버린 숯덩이처럼
처참히 문드러지고 나면

만물은 그저
너를 힘들게 하려고
존재하는 듯 보인다

이런 만물에 치인 힘듦이
쌓이고 쌓인 터라
서러운 마음 온전히 가실 순 없었지만

어제보다 단단해진 넌
쉽게 울지 않는다

혹여 감정이 메마른 건 아닐까
얕은 걱정은 들어도

울음 뒤에 찾아오는
시린 공허함을 알기에
쉬이 젖어 들지 않는 눈시울이 대견하다

너에게 남은 울음을 빼앗으려
삶이 여러 갈래로 다시 매섭게 달려들어도

단단해진 넌
쉽게 울음을 내주지 않는다

상한 속을 홀로 달래며
오늘도 넌
울음을 고이 참아낸다

알람

네 생각이 머릿속에 울린다

주변 소음들은 아득해지고
마음은 벌겋게 타버리고
일 분에 수십번도 더 요동치는
가슴을 진정시키느라
하루가 온통 부산스러워진다

기상 알람처럼 내리 울리는 네 생각은
정신이 또렷해지는 오후가 되면
더 촘촘하게 울리기 시작한다

더군다나 기다림이 익숙해지지 않는
오후의 시간은 유독 느리게만 간다

늘어져 버린 시간 속에서
너의 이름을 하염없이 기다린다
수많은 너의 알람과 함께

연어

떠밀린다

이정표 하나 없는 갈림길에서
삶은 사정없이 등을 떠민다

무작정 떠밀리고 나면
어떻게든 아등바등 버텨보지만
홀로 걷는 걸음엔
방향을 생각할 겨를마저 빠듯하다

앞만 보기에도 벅찬 걸음인지라
지나온 길을 기억하지 못한
이 위태로운 몸뚱이는
연어가 되는 상상을 한다

언젠가 다큐멘터리에서 보았던
연어 떼와 함께
근원으로 돌아가는 찰나의 꿈

찰나가 지나고
연어가 되지 못한 커다란 몸뚱이는
거스를 수 없는 길을
아슬아슬 걸어 나간다

만용

염치없게도 당신을 그리워했다

하루를 온통 그리움으로 채우고 난 뒤
찾아오는 쓸쓸함과 막막함은
염치없음의 대가였던 듯,
쉽게 달랠 수 있는 것이 아니었다

잠들 때까지도 머릿속에 틀어박혀
좀처럼 풀리지 않는 헛헛한 감정들

헤어지는 것도 용기라며
천년을 갈 것 같던 그 날의 호기롭던 나는
사실 돌이켜보면
그저 만용의 산물인 것을

그 날의 용기에 오늘의 후회가 더해져
비로소 어설픈 만용이 되어버렸다

그대 없는 봄

한겨울 밤의 꿈은
봄의 생기를 맡고 깨어졌다

생기가 격렬히 만개하는 계절 속,
향할 곳 없는 의욕은
다음 계절을 재촉한다

그대 없는 봄은
꽃들만 열심이다

한마디

지친 발걸음은
그대를 찾는다

힘들었지

그대의 이 한마디면
모든 것이 괜찮을 텐데

뜨거운 위로가 되어주던
그대는 이제 없기에

지친 귀로는
그저 애달프다

답

모든 순간이 답답한 마음뿐이라,
미뤄둔 숙제를 해치우듯
어지러운 감정들을 어떻게든 하고 싶었다

짙어진 그리움 끝에
나를 푸욱 담갔다 꺼내 봐도
별로 달라지는 것 없는 하루는,
내 감정들과 상관없이 빠르게 지나간다

미련과 그리움 사이
그 어디쯤 머물던 그대가
힘겨운 하루의 끝에 답을 내어준다

미련일 뿐이라고

열병

별 의미 없이 던졌을
너의 웃음 덕분에

시월의 밤 동안 줄곧
열병에 시달린다

반드시 너여야만 했던
욕심이 지나쳐서일까,

열병은 그 끝을 가늠할 수 없이
모든 밤을 집어삼킨다

재 회

반가움일지
서먹함일지
서운함일지
뒤섞인 감정들 틈으로

궁금했던 서로의 안부를
쭈뼛거리며 묻는 두 사람

오랜만에 다시 마주한 탓에
어색함이 오히려 자연스럽다

잠깐의 어색함이 지나자
우리가 멀어졌던 날을 실감케 하던,
그대의 낯설어진 미소가
내가 기억하는 그 시절의 말갛던 미소로
서서히 겹쳐진다

그대의 모든 것은 그대로인 듯
우리의 마지막 날,
그때의 모습처럼